COLLECTION DE FEU M. BERTHON

DE VERSAILLES

TABLEAUX ANCIENS

GRAVURES ET DESSINS

Vente le Samedi 21 Décembre 1867.

Mᵉ CHARLES PILLET,	M. FEBVRE,
COMMISSAIRE-PRISEUR	EXPERT

1867

CATALOGUE

DE

TABLEAUX ANCIENS

DES ÉCOLES

française, hollandaise, flamande et italienne

GRAVURES & DESSINS

DONT LA VENTE AUX ENCHÈRES PUBLIQUES

aura lieu

HOTEL DROUOT, Salle N° 3

Le Samedi 21 Décembre 1867

A UNE HEURE PRÉCISE

Et le soir à sept heures de relevée, pour le restant des TABLEAUX GRAVURES et DESSINS.

Par le ministère de Me CHARLES PILLET, Commissaire-Priseur,
rue de Choiseul, 11,

Assisté de **M. FEBVRE**, Expert, rue Laffitte, 12.

Chez lesquels se distribue le présent Catalogue.

EXPOSITION PUBLIQUE

Le Vendredi 20 Décembre 1867, de une heure à cinq heures.

CONDITIONS DE LA VENTE

Elle sera faite au comptant.

Les adjudicataires payeront *cinq pour cent* en sus des enchères.

L'exposition mettant le public à même de se rendre compte de l'état des tableaux, il ne sera admis aucune réclamation une fois l'adjudication prononcée.

953. — Par ⁵. Imp. de PILLET fils aîné, rue des Grands-Augustins, 5

DÉSIGNATION DES TABLEAUX

ALLEGRAIN (GABRIEL)

1 — Paysage arcadique avec pasteurs gardant leurs trou-
peaux.

ALBANI (FRANCESCO)

2 — La Toilette de Vénus.

ALBANI. D'après.

3 — La Toilette de Vénus.

ALBANI. École de.

4 — Le Triomphe de Vénus.

BAER

5 — Jeune Garçon en buste tenant une branche de fruits.

BÉNARD (Jean-Baptiste)

6 — La Chute; composition dans la manière de **Watteau**.

7 — Baigneuses et Villageoises.

BESCHAYE

8 — Le Repos de la Sainte Famille.

9 — Saint François en prière.

BEYERHEM Attribué à.

10 — Poissons morts, sur une table.

BIBIANI

11 — Intérieur d'une église, ornée de riches sculptures.

BOUCHER (F.). Attribué à.

12 — Paysage avec Baigneuses.

BOUCHER. École de.

13 — Vénus et Adonis.

BOOL (Jean)

14 — Chiens épagneuls et Oiseaux morts.

BREUGHEL (P. de Velours). Attribué à.

15 — Noé rendant grâce au Seigneur avant son embarque-
ment dans l'arche sainte.

BRIL (Mathieu)

16 — Paysage animé de figures.

CHAMPAIGNE (Philippe de). Attribué à.

17 — Portrait en buste de René Descartes.

CHALLE (CHARLES-MICHEL-ANGE)

18 — La Main chaude, intérieur.

19 — La Mésaventure, pendant du précédent.

CHARDIN (S.). Genre de.

20 — Portrait d'une dame de qualité ; elle est assise et tient un éventail.

CHATELET

21 — Une vue de l'ancien parc de Monceaux.

CHARPENTIER

22 — Villageois et marchande de poissons.

23 — La Marchande de cerises.

CLOUET (J.). École de.

24 — Vieillard représenté en buste.

COLOMBEL (Nicolas)

25 — L'Enlèvement d'Europe.

CUYLENBURG (Van)

26 -- Baigneuses sous une grotte.

DELAPORTE (Roland)

27 — Volaille, Gibier et divers accessoires.

28 — Poissons et ustensiles de cuisine.

DENIS (Louis)

29 — Promenade d'un grand seigneur dans l'intérieur d'un bois.

DETROY (Nicolas)

30 — Portrait d'une dame de la cour du Régent.

31 — Jeune princesse de l'époque du Régent représentée en pied.

DE NOTTER

32 — Le Départ pour la ville.

DUMÉNIL (P. F.)

33 — Marchande de marrons entourée d'enfants.

DUPLESSIS (Joseph)

34 — Portrait en buste de Louis XVI.

EISEN (Charles)

35 — Concert dans un parc ; gracieuse composition.

36 — La Danseuse couronnée.

37 — Le Bacchus villageois.

ELZHEIMER (Adam)

38 — Intérieur ; trois personnages autour d'une table servie.

ES (Van)

39 — Chat et Gibier mort.

FERG (François)

40 — Paysage animé de figures.

FRANCK, le vieux.

41 — Le Festin de Balthazar.

FYT (Jean). Genre de.

42 — Deux Lièvres morts sur un panier.

GAROFALO

43 — Repos de la Sainte Famille.

GAROFALO. École de.

44 — Jésus parmis les docteurs.

GILLEMANS

45 — Fruits dans une corbeille.

GOLDZIUS. (Attribué à).

46 — Portrait de Louise-Julienne de Nassau, femme de Frédéric IV, comte palatin.

GONZALÈS (Coques)

47 — Péristyle sous lequel sont des personnages de distinction exécutant un concert.

GREUZE. (D'après.)

48 — Tête de jeune villageois.

GRIFF

49 — Valet de chasse et Gibier ; paysage.

50 — Chat attaquant un chien.

51 — Chiens poursuivant des canards sauvages.

52 — Chiens de chasse gardant du gibier.

HEEM (DAVID). École de.

53 — Fruits dans une corbeille posée sur une table.

HEEM (JEAN DE)

54 — Vidrecome et fruits sur une table.

HÉDA. (Attribué à).

55 — Vase, livres, pièces de monnaies et fruits.

HILAIRE

56 — Paysage pastoral.

57 — Port de mer animé de figures.

HONDECOETER (MELCHIOR)

58 — Coq, Poules et Pigeon à l'entrée d'un parc.

HOLBEIN (J.), École de.

59 — Portrait d'un personnage allemand.

HUET (J. B.)

60 — Petit villageois donnant à manger à des poules.

JANSSENS, le danseur.

61 — Cinq compositions avec personnages; allégories des
Cinq Sens.

KOFFMANN (Angélica)

62 — Jeune dame à coiffure poudrée.

LARGILLIÈRE (N.)

63 — Portrait en buste d'un gentilhomme de la cour de
Louis XIV.

LANCRET (N.). (Attribué à).

64 — Deux charmantes compositions représentant des scènes champêtres, traitées dans la manière de Watteau.

65 — Causeries galantes dans un parc. Composition capitale.

LANCRET. École de.

66 — La Danse champêtre.

LANFRANC. Attribué à.

67 — Saint Pierre priant.

LEBRUN (CHARLES)

68 — La Victoire couronnant Louis XIV.

LEBRUN (C.). (D'après).

69 — Ecce Homo.

LECLERE, des Gobelins.

70 — Repos et danse champêtre.

LÉPICIÉ (N. B.)

71 — Petit villageois coiffé d'un tricorne.

LENS (C.).

72 — Groupes de belles fleurs dans des vases de marbre
sculpté. Deux pendants,

LERICHE Genre de.

73 — Fleurs dans une corbeille.

LOO (Carle Van)

74 — *Les Muses couronnant madame de Pompadour
sous les traits de Vénus.*

Représentée à demi nue, assise sur un coussin de
de velours ; près d'elle est Cupidon debout ; plus loin, les
Grâces : l'une d'elle tient une couronne qu'elle se dispose
à poser sur la tête de la Déesse.

Cette composition des plus gracieuses peut rivaliser avec
les plus charmantes œuvres de Boucher.

MANFREDI

75 — Soldats italiens jouant aux cartes.

MAYER (L.)

76 — Paysage, avec cours d'eau.

DE MARNE

77 — Jeune Villageoise dérobant un flageolet à un pâtre
endormi.

MIGNARD (Pietre)

78 — Mademoiselle de La Vallière sous la figure de la
Madeleine repentante.

Bonne qualité.

79 — Portrait d'un gentilhomme portant longue per-
ruque.

MIGNARD (Pierre)

80 — Les Enfants de France et la duchesse du Maine.

81 — Portrait de mademoiselle de La Vallière.

82 — Dame de la cour de Louis XIV, sous la figure de Flore.

83 — Portrait en buste d'un personnage portant cuirasse.

84 — Jeune Dame de la cour de Louis XIV.

85 — Gentilhomme de la cour de Louis XIV, et sa famille, à l'entrée d'un parc.

86 — La France couronnant Louis XIV enfant.

MIGNARD (P.). École de.

87 — Portrait d'une dame de la cour de Louis XIV

MIREVELT

88 — Femme âgée en prière avec ses enfants.

MOLENAER (Jean)

89 — Scène villageoise : Paysans à la porte d'une auberge, une femme jouant du violon fait danser un chien.

MOLENAER Attribué à.

90 — Intérieurs d'estaminets. Deux pendants.

MOUCHERON (Frédéric)

91 — Paysage, site italien.

NATTIER (Marc). École de.

92 — Jeune Fille en buste parée de fleurs.

NATTIER (Marc). Attribué à.

93 — Portrait d'une jeune abbesse.

NETSCHER (C.). Attribué à.

94 — Portrait d'une jeune dame.

OS (Van). (École de).

95 — Fleurs et Fruits.

OSTADE (Isaac)

96 — Intérieur villageois.

PANTOJA (De La Cruz). (Attribué à).

97 — Petit Prince de la maison d'Espagne, représenté
sous un péristyle.

PALAMÈDES

98 — La Visite au milieu du festin.

PORBUS (Pierre)

99 — Portrait d'un personnage de l'époque de Henri IV.

PORBUS (P.). École de.

100 — Donateurs agenouillés et priant sous l'invocation de la Vierge et de Jésus ; au revers deux grisailles. Sujet de l'Annonciation.

101 — Portrait d'une jeune dame de l'époque de Henri IV.

PORBUS. (Attribué à).

102 — Portrait en buste d'Henri IV, roi de France.

RAOUX (Jean)

103 — Enfants jouant avec un chat.

RAVESTEIN (Jean)

104 — Portrait d'un gentilhomme hollandais.

105 — Portrait en buste d'une dame hollandaise, riche costume, large collerette.

RIGAUD (Hyacintae)

106 — Prince de la maison de France, près de lui sa femme et son jeune fils; tous trois sous des figures mythologiques.

107 — Gentilhomme de la cour de Louis XIV.

RIGAUD (H.). Attribué à.

108 — Officier supérieur, représenté en buste et cuirassé.

ROSA, de Tivoli.

109 — Campagne italienne, avec pâtre et animaux.

ROMBOUT (J.)

110 — Portrait d'un personnage hollandais et de son fils.

ROBERT LEFÈVRE

111 — Portrait d'un magistrat, représenté en buste.

RUBENS (P. P.). Attribué à.

112 — L'Éducation d'Achille par le centaure Chiron.

RYCKAERT (David)

113 — Intérieur villageois, famille de paysans réunis dans une chambre basse ; à gauche, près d'une cheminée, deux buveurs ; puis des buveurs et un vieillard debout, près d'une femme allaitant son marmot ; à droite, à terre, quelques ustensiles de cuisine.

SICARDI

114 — Composition gravée sous le titre : *Le Petit Voleur*.

A gauche, assis, la tête appuyée sur une table, Pierrot le père s'est endormi ; son petit garçon, autre Pierrot, profite de son sommeil pour fouiller dans sa poche ; la mère, debout, sourit et paraît charmée des bonnes dispositions du bambin.

SNEYERS

115 — Épisode d'une des guerres de Flandre.

SIMON MEMMI

116 — Édification et Couronnement de la Vierge.

STALBENT

117 — Salle de bal le jour des fiancailles d'un gentilhomme de l'époque de Henri II.

STAVEREIN

118 — Portrait d'une Dame hollandaise.

STELLA (J.)

119 — L'Apothéose de saint François de Salles.

SWEBACK (Desfontaines), 1811.

120 — Départ d'un chevalier.

VALIN

121 — Nymphes et amours; deux pendants.

VERBRUGGEN

122 — Combat entre un coq et un paon, et oiseaux de basse-cour dans un paysage.

VERNET (JOSEPH). Attribué à.

123 — Port de mer avec grotte, sous laquelle se reposent des personnages de distinction; près du quai est une gondole paroisée.

VERKOLIE

124 — La Toilette de Vénus.

VESTIER

125 — Portrait d'un personnage de l'époque de Louis XVI.

VLIÉGER

126 — Buveur flamand en bonne fortune.

VICTOR

127 — Voyageurs arrêtés à la porte d'une auberge.

VIGNON (Claude)

128 — Dame de la cour de Louis XIV, présumée être la duchesse du Maine.

WALLAERT

129 — Entrée d'un port de mer italien.

130 — Pendant du précédent.

WATTEAU (Antoine). Attribué à.

131 — Le Concert champêtre.

WATTEAU (A.). D'après.

132 — Les Acteurs de la Comédie italienne.

133 — Réunion d'acteurs; quatre personnages.

WOUVERMAN (Ph.). D'après.

134 — Le Départ pour la chasse.

TÉNIERS (David). D'après.

135 — Composition connue sous le titre du Concert flamand.

136 — L'Enfant prodigue en compagnie de courtisanes.

TÉNIERS (David). École de.

137 — Buveur attablé.

THULDEN (Van)

138 — Le Triomphe de Neptune et d'Amphitrite.

139 — Le Char de l'Aurore.

TOQUÉ (Louis)

140 — Portrait en pied d'une princesse de la cour de Louis XV.

TOURNIÈRES (ROBERT)

141 — Portrait présumé de Sully.

ÉCOLE FRANÇAISE

143 — Portrait de Cinq-Mars.

144 — Dame portant les insignes d'une pèlerine.

145 — Portrait d'un président au Parlement.

146 — Allégorie de l'Hiver ; composition capitale.

147 — Portrait d'un officier supérieur de l'époque de Louis XIV.

148 — Paysanne coquette, en buste.

149 — Jeune Servante à une croisée, tenant une perdrix.

ÉCOLE FRANÇAISE MODERNE

150 — La Visite au marquis.

ANGIENNE ÉCOLE FLAMANDE

151 — Jacob et Rachel.

152 — Gentilhomme et Courtisane.

153 — Le Concert ; pendant du précédent.

ÉCOLE FLAMANDE MODERNE

154 — La Lecture de la gazette ; effet de lumière.

ÉCOLE ALLEMANDE

155 — Portrait d'une dame de distinction, les deux mains apparentes.

156 — Joueurs de trictrac dans un estaminet.

ANCIENNE ECOLE DE COLOGNE

157 — Anges glorifiant la Vierge et Jésus.

ANCIENNE ÉCOLE ESPAGNOLE

158 — Ange près du Christ mort soutenu par Dieu le Père.

ANCIENNE ÉCOLE D'ITALIE

159 — La Vierge consolée par les apôtres.

ECOLE GRÉCO-RUSSE

160 — Glorification de la Vierge.

161 — Jeune Écolier tenant un livre.

MAITRES INCONNUS

162 — Portrait de Marie-Thérèse d'Autriche.

163 — Portrait d'un général sous Henri II.

164 — Le Christ présenté au peuple.

MAITRES INCONNUS

165 — Portrait en buste d'un prince-cardinal.

166 — Artistes italiens dessinant des ruines.

167 — Portrait du général Foy.

168 — Portrait du czar Borice Phedorovith.

169 — Portrait en buste du grand Frédéric.

170 — Sous ce numéro, les tableaux non catalogués

RED. :

18

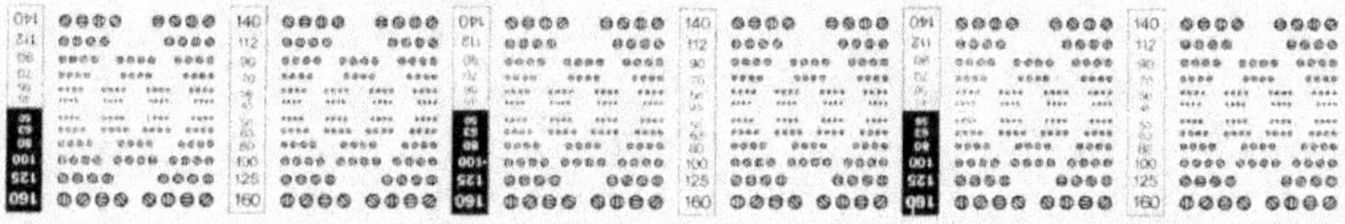

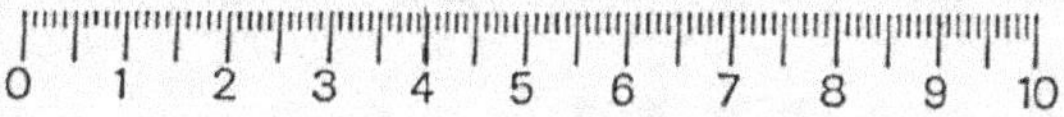

MIRE ISO N° 1
NF Z 43-007
AFNOR
Cedex 7 - 92080 PARIS-LA-DÉFENSE

graphicom

0 1 2 3 4 5 6 7 8 9 10

BIBLIOTHEQUE
NATIONALE
DE FRANCE

****

CHATEAU
DE
SABLE

1995